詩集 ほぉしたい

くらやまこういち 著

鉱脈社

ことわい（おことわり）

都城で生まれ育った私の感情は、当然ながら方言が原語です。それでも方言の専門家ではありません。今では同級生と会った時だけの方言ですが、曲がりなりにも都城で詩を書く一人として一部ではありますが、都城の方言を作品で残したいとの思いをこの詩集に託しました。専門家ではありませんので、意味や語源など私的な解釈も含まれることをことわっておきます。懐かしい友に再会した気分で読んでもらえれば嬉しいです。

目次

Ⅱ　23

Ⅲ　41

詩集　ほぉ　したぃ

I

うちおじゃひか

「うちおじゃひか」は
「家におじゃりですか」
という意味の方言で
母たちの世代では普通のあいさつだった

その和やかな響きは
質素な佇まいであろうと

薩摩藩の半農半兵として
誇りをもち
肩を寄せ合う暮らしが見えてくる

「うちおじゃひか」と訪ねてきた人に
「はい　おじゃったもんせ」
と迎えていた母の声が
記憶の奥から聞こえてくる

おじゃったもんせ

来客を迎えた時の
「おじゃったもんせ」は
「よくおじゃりくださいました」
という意味だが
だれであれ丁寧に迎えることで
よい人間関係と暮らしを
守っていたのかも知れない

訪ねた人も
「みあげもそ」と返事
のどかな遺り取りがあった
決まり文句のあいさつではあったが
こども心にも悪い気はしなかった

みあげもそ

「あなたにお目にかかります」
という意味の
「みあげもそ」は
「参り上げ申し候」
という武家言葉の転訛と思われる

出向いた用件が

どんなことであれ
相手への心配りが窺え
話も穏やか聞こえた

そして
別れのあいさつは
「またぐあんそ」と言った

またぐあんそ

「またお会い申し候」が語源とされる
「またぐわんそ」は
「またお会いしましょう」という意味で
寄合いなどで意見が違ったとしても
「またぐわんそ」と別れることで
人と　人とが　つながっていた

そんな風に
相手を敬う方言で語らう姿は
平成初期までの風景の中に留まり
令和の玄関先に
「うちおじゃひか」
と　声がすることはない

どきいっじゃろかい

こどもの頃　大人たちが
道ですれ違う時のあいさつは
「きゅは　どきいっじゃろかい」といった
「今日は　どこへおでかけでしょうか」
という意味だったが
戦国時代　村単位に重い年貢が
課されていたころ

米作りは集落農民の互助作業で
中にはその厳しさに
村を逃げ出す者もいた

そんな気を起こさせないためにも
道ですれ違う時　あいさつ代わりの
「きゅは　どきいっじゃろかい」が語源らしい
年貢制度廃止後も使われたのは
使い続けることで
裏に忍ばせていた後ろめたい意味を
皆で葬ったのかも知れない

さっひっかぶい

「さっひっかぶい」は
ひさしぶりという意味だが
「さも　ひさしぶりに　お会い候」
ということを農民同士では
親しみを込め
「さっひっかぶい」と転訛したと思われる
再会した同級生同士が

「ひさしぶり」とあいさつするより
「よう　さっひっかぶい」と
声をかけ合うことで
お互いにっこりになる

さっひっかぶいに
聞きたい方言でもある

II

ほがうたん　と　とんじゃっがうたん

昭和の半ばまでの稲の脱穀の方法の一つに
先端が回転する道具で叩く（打つ）やり方があった
実が入っていないものは
穂を打つ必要も価値もないことから
人間でも役に立たないことを
穂を打つ価値がないという意味で
「ほがうたん」と言った

似たような意味で
「とんじゃっがうたん」という言い方もあった
「とんじゃっ」とは　よい意味でこだわることの頓着で
「うたん」は「ほがうたん」と同じ
しないという意味だった
つまり物事を深く考えようとしない奴ということである

どちらも出来の悪い子ほど可愛い
と言う言葉があるように
憎めない視線も感じさせる
「ほがうたん」と「とんじゃっがうたん」でもあった
なんど父親に言われたことか

やっせんぼ

「ほがうたん」と
「とんじゃっがうたん」に
似たような意味だが
「役」にたつことを「せん」（しない）男
それで「やっせんぼ」と言う
時には度胸がない弱虫の男を意味する
場合もある

いっぽう

目標に向かって頑張ったが
叶わなかった相手に「やっせんがったね」と
慰めの意味だったり

重度の病気を患っていた人が
亡くなったと知り「やっせんがったらしい」と
お悔やみの気持ちでも使った

男を意味する「ぼ」が付かないことで
意味が違ってくる方言でもある

うんだもしたん　と　おっだしたん

こどものころ　母親同士の相槌は
「うんだもしたん」といった
「うんだも」は「私は」とか「それは」
「したん」は「知らない」
つまり「私は知らない」という方言だった
その独特な言い回しとともに記憶に残っている

先ず
「いやぁ　それは知らんかった」という
驚きの「うんだもしたん」
この場合　驚きが大きいほど語尾を
「した～ん」と声も大きく伸ばした

次に
「へぇぇ　それは大変じゃねぇ」という
驚きと同情の混ざった「うんだもしたん」
話によっては驚きを
内心楽しんでいるようにも聞こえた

そして
「まあぁ　それはかわいそうに」という
眉と声を潜める「うんだもしたん」
この場合は語尾を伸ばすぶんだけ
同情の大きさを表していた

どの場合も大仰な表情が特徴だったが
授業参観の廊下では聞かなかったように
だれとでも　どこでも　ではなかった
今風にいえばママ友との良好な関係には
相手の話に心を晒す
「うんだもしたん」は欠かせなかった

父親同士の相槌は「おっだしたん」で
意味も同じ「おれは知らない」だったが
母たちとの違いは
「えぇ　ほんとうかよ」と
敢えて疑っているようだった
この場合も疑いが深いぶんだけ
語尾を「した～ん」と伸ばしたが
その顔は　互いに微笑み
会話を楽しんでいるように見えた
そこには　こどもには立ち入れない
男同士の深い信頼を見るようで
あこがれさえ覚えた

しんけいどん　と　やまいも掘い

「しんけいが出い」は急に見境なく
怒り出すことをいう方言
その発作のような神経過敏の状態が
分かりやすいほど正直な人を
「しんけいどん」という
それでも　癇癪持《かんしゃくも》ちの人でも
ヒステリーな人でも　キレる人のことでもない

癇癪が出て口論になったり
ヒステリーが出て嫌われたり
キレて暴力ざた　はあっても
しんけいが出た　といってそういう話は聞かない
怒りの矛先が　誰かではなく
自分自身だからかも知れない
本人が制御できない繊細な感情が
見え隠れするのも「しんけいどん」である

似たように　よく分からないことで
怒り出す人を「やまいも掘い」という
似ていても違うことは

やまいも掘いの場合は酒の席でのことである
語源は　文字通り
山芋を掘り出す作業のことで
この山芋は自然薯のことをいう
雑木の根が絡む固い土から細長い自然薯を
途中で折ることなく掘り出すには
長い時間　根気強い作業を続けることになる
自然薯からすると
しつっこい人に見つけられたことになる

いっぽう　酔いが回るにつれ
相手に持っていた言いがかりの文句を

ぐだぐだしっこく言い続ける
飲み癖の悪い人がいて
最後は喧嘩ざたになったりする
そういう人の噂を隠語で「やまいも掘い」という

今では耳にしない方言だが
寄合いや祭りの後など草履履きで出かける
飲み座の機会がなくなったせいだろうか
「やまいも掘い」がいなくなったことと
近頃　自然薯が品不足で
値段が高いこととは関係ないことだが
懐かしい方言になりつつある

よだきい　と　のさん

面倒でやる気がおきないことを
「よだきい」とか
「のさん」という
ただ　それぞれの背景は微妙にちがう
「よだきい」は
欲が　脱力した　気分　が

語源かどうかは分からないが
その原因と責任は
怠け者の自分にある

「のさん」は
自分の責任ではないが
面倒なことや厄介なことをいう
たとえば
朝早くから起こされる
カラスの鳴き声は　のさん
つまり
「のう　さん　きゅー」ということである

生きっちょいさっさ

生きている間　もしくは
生きている内　と言う意味の
「生きっちょいさっさ」
本来「さっさ」は限られた一定の時間を指す
例えば「立っちょい　さっさ」は　立っている間

「生きっちょいさっさ」は

一定の時間ではないので特異な表現になる
ただ特異であるからこそ
この方言には意味がある

生きていれば悲しいことや辛い出来事が
起きてしまうことも避けられない
それでも全てを受け入れ生きていくしかない
そんな時
「どうせ　生きっちょいさっさ」と
お道化も交えて言うことで
悲しさも　涙も呑み込んだ背景と
ともにある方言でもある

Ⅲ

おんじょんぼ

「おんじょんぼ」の
「おんじょ」は「老翁《ろうおう》」
「んぼ」は「姥」
つまり老夫婦という意味
収穫時期を過ぎた　果実や野菜が
固くなったり

みずみずしさを無くした状態のモノを
「もう　おんじょになっしもた」
という風にも使っていた
そんな風に高齢の男を指す
「おんじょ」の印象はよくなかったが
連れ合いの「んぼ」がいっしょになっての
「おんじょんぼ」には
どこか素朴な親しみを覚えた

あの夫婦はおんじょんぼして
元気も　仲も
よかもんじゃ　というように

あんどすい

「あんどすい」は　飽きるという意味で
「すい」は「する・している」こと
中学生だったか「安堵」という言葉を知った時
いっぽうは飽きて　いっぽうは安堵することに
真相は知らないまま不思議だった
それが二十歳の時だった
「芸術は爆発だぁ！」と訴える

岡本太郎の言葉は衝撃だった
――芸術に安らぎや安定はなんの魅力もない
すぐに飽きてしまう「なんだこれは！！！」と
心が乱されることこそ感動なんだ――

安らぎや安定は安堵につながる訳で
あんどすいと安堵が僕の中で繋がった
ただその芸術論には頷けても
安堵に頼らない生き方は憧れてもしんどい
自分にあんどしない程度に
安堵を求め　生きている

やんかぶい

髪の毛が
ぼさぼさのことをいう方言の
「やんかぶい」
語源は「病」やん「被る」かぶる
の転訛で「やんかぶる」
ということらしい

勿論
実際の病人にいうことはない
身なりを気にしない
ありのままを晒し合える
親しさがあっての方言でもある

僕は病気でなくても
人に会う予定もない日曜日
雨が降っていたりすると
庭仕事もできず起きたままの恰好で
しっかりやんかぶっている

ゆくれんぼ

酒に酔った男のことを
「ゆくれんぼ」または
「ゆくれぼ」という
何故「酔う」が「ゆくれる」に
転訛したのか
そのままの「酔くれる」なら
「よくれんぼ」となり

「欲れんぼ」と聞こえ
欲張りな男になってしまう
それで「ゆくれる」
あるいは「ゆくれた」
そして「ゆくれんぼ」

根拠はないが
ゆくれぼの勝手な解釈である

くせらし

「くせらし」とは
小生意気とか
気取っている　という意味の方言
言われたくはないが
鼻に付かない程度の「くせらし」は
個性の一つでもある

くどいほど　背伸びして　らしく振る舞う
それで
「くせらし」ということなのか
こじつけの解釈ではあるが
誉め言葉ではないが
揶揄されている訳でもない
「くせらし」の裏に
屈折した自己愛を見たりする

いみじんごろ

恥ずかしがり屋や内気な人を
方言で「いみじんごろ」といった
語源の「いみじん」だが
「いみ」は「忌《い》む」で
好まれない人を指し
「じん」は慎しむ人ということらしく
なんとも屈折した人格である

無口で
何を考えているか分からないので
できれば避けたいが
慎み深い性格もうかがえる
そういえば
強がったり　媚びたりとは無縁の
無垢な印象もある
「いみじんごろ」でもある

走《はし》いぐら

「走い」は「走り」
「ぐら」は「くらべ」の「ぐら」
つまり走りくらべ
という意味の「走《はし》いぐら」

とはいえ
運動会の徒競走ではない

遊びのかけっこのことである
でも
「背くらべ」を
「背ぐら」とはいわない
当然だがこの盆地の先人は
背の高さをくらべて
笑ったりはしなかったということ
徒競走は相手を選べないが
仲良し同士でするのが　走いぐら

とぜんね

さびしい　という意味の
「とぜんね」
吉田兼好の随筆『徒然草』の冒頭
「徒然《つれづれ》なるまま」の
退屈な・うら淋し気な　の意味で
「徒然な」から「とぜんね」になった
とされている

いっぽう戯言ではあるが
「と」は「となり」の「と」
もしくは「ともに」の「と」
「ぜん」は「膳」
となりで膳を並べる人がいない
そのさびしさのことを
「とぜんね」

この場合も
「ね」は「ない」という意味だが
こちらは根拠のね話である

ちょっしもた

今では　ほとんど聞くことも
使うこともなくなった「ちょっしもた」
しまった　失敗した　という意味だが
「ちょっ」は「ちょっと」ということではない
それなら　ちょっとした失敗になる
実際はその逆で
ちょっとどこではない場合に使っていた

同じ「ちょっしもた」でも
言い方で失敗の度合いが分かった

大きな失敗のときは
いかにも落胆した言い方の
「ちょっしもた」

それより軽い失敗は
「あ～あ　ちょっしもた」

よくある失敗は
「あら　ちょっしもた」

起きたことの深刻さはあっても
それを隠さず声に出すことで
受け入れるしかない
生きて行くことはそういうことだ
と自分へ言い聞かせる
「ちょっしもた」でもある

ちわんちわん

落ち着きがなかったり　慌てていたり
じっとしていないことを
「ちわんちわん」または「ちわいちわい」という

この方言だけは語源をさがして
ちわんちわんすることはない
ことばの響きが語源でよい方言である

IV

ひっけ

ことばの頭に
「ひっ」や「け」をつける都城の方言

飛んだ　は「ひっとんだ」
溶けた　は「ひっとけた」
逃げた　は「ひっにげた」
消した　は「ひっけした」

眠った　は「ひっねた」
脱いだ　は「ひっぬた」
負けた　は「ひっまけた」
飲んだ　は「ひっのんだ」
驚いた　は「ひったまがった」
倒れた　は「ひったおれた」
落ちた　は「ひっちょてた」
死んだ　は「ひっけしんだ」

この「ひっ」は負の側面があって
悲惨の「ひ」や否定の「ひ」だったりする
計画がひっとんだ　といっても

飛行機がひっとんだ　とはいわない
ひっのんだから運転なでけん　の方言には
反省や諦めまで伝わる
ひっけしんだ　といっても
ひっ生まれた　とはいわない
大変驚いたというより
ひったまがった　の方が
情景まで伝わるように
より強調する「ひっ」である

ただ人の死には
「ひっ」をつけることは少ない

その場合は「けしんだ」という

この「け」だが
息子の野球で負けた時は
「ひっまけた」と悔しがり
父親の草野球の負けは「けまけた」とか
焚火で手袋が「けもえた」と苦笑する
崩れた　は「けくずれた」
腐った　は「けねまった」
終わった　は「けすんだ」というように
悲観　否定　強調の「ひっ」に比べ
暮らしの匂いがする「け」でもある

ひっくたっく

好きな方言に
「ひっくたっく」がある
「ひっく」は「低い」
「たっく」は「高い」
つまり「低く高く」

たとえば　垣根を真っ直ぐ

剪定できなかった夫が
「ひっくたっくじゃが」と妻に言われ
「むっ」とするが笑ってごまかせる

これが
「低かったり　高かったりだが」
と言われると「むっ」とに加え
自分の腕前にも凹む

ひっくたっく　の良さは
ひっくたっく　でも角は立たない

ちんがらっ

「ちん」は　散らばるの「ちん」
「がら」は　瓦の「がら」
つまり　瓦が割れて散らばった様子をいう
「ちんがらっ」である
意味は広く人間関係や精神的なことでも
修復ができないほど壊れたことに使う
なるべく使いたくない方言の一つである

せからし

うるさいことを「せからし」
あるいは「せからしか」という
語源は　せわしなく鳴くカラス
で「せからし」
なんだとかってに思っているが
「えぇー」という人には
「せからしか」と心の中で居直っている

せったんくゎん

一斗缶（18L缶）の空缶　を
何も考えず
「せったんくゎん」といっていた
語源は
石炭入れに使っていたことから
「石炭缶」の転訛で「せったんくゎん」
となったのなら

納得である

叩くと
せからしくタンタン響く缶
ではないことも
納得である

はざぐん

「はざぐん」は
おやつのことである
十二時辰《じゅうにじしん》の八つ時
午後二時から四時の時刻に
食べる意味である

お昼ご飯と晩ご飯の

間《はざま》に食べる「はざ」
食べる　が食う　それが「ぐん」
それで「はざぐん」
都城弁の特徴である
短く転訛する方言としてうなずける

好きな方言であり
好きな時間だった

わっどびっ

子どものころ イボガエルのことを
「わっどびっ」といった
正確には「わくどびき」というらしい
イボガエルより小さなカエルは
どんな種類でも「びっきょ」といったが
この　わくどびきの
「びき」から転訛したのかもしれない

いっぽう僕は
本気でいっていた訳ではないが
「わっどびっ」の語源を

わっ
どげな太っとか
びっきょよ

の　頭文字なんだと
力説しては
あそび仲間を笑わせた

すんくじら

せまく
奥まった場所を指す方言の
「すんくじら」
「すん」は「隅」で
「くじら」は「端」
目の端のことをいう
「目くじら」の「くじら」らしいので

真相は知ってしまえば
「くじら」に「鯨」をイメージしていた僕には
どうってことも　面白くもない話だが
隅っこでも存在を強調する意味で
逆説的に大きな鯨を持ち出すほうが
面白く理解しやすい

と　ぼくは
家の中ではすんくじらの
書斎もどきで勝手に思っている

も

寒いを「さみ」というが
より寒さを強調する場合
「さみ　も　さみ」
暑いを「ぬき」というが
その場合は「ぬき　も　ぬき」
広いを「ひり」というが
その場合は「ひり　も　ひり」

辛いを「かれ」というが
その場合は「かれ　も　かれ」という

同じ言葉を「も」で重ねる
独特の表現で
重ねる言葉も
方言だからこそより伝わる
方言でなかったら
「寒い寒い」となるが
やっぱり都城の冬は
「さみ　も　さみ」なのである

けじゃくし

けじゃくしは
杓子のことだが
お玉の呼び方が分かりやすい
古代は貝殻に小枝を結んだものを
使っていたらしく
貝杓子という言い方もある

都城の方言では「けじゃくし」だが
なぜ頭が「貝」ではなく「け」なのか
「買い物」のことを「けもん」と　いうように
「かい」が「け」に転訛したのだろうか
海のない都城には縁遠い貝だが
都城の方言が
薩摩文化と関係が深い
一例なのかも知れない

おじごっ

怖ろしいぐらいという意味である
「おじごっ」だが
「おそろしい」を縮めて「おじ」
「ぐらい」が「ごっ」に
転訛したと考えられる

鬼の「お」と　爺様の「じ」で「おじ」

どちらも怖い存在という意味で
そんな解釈もおもしろいが
実際に使う時は怖がっている訳ではない

おじごっ旨い　とか
おじごっ広い　とか
そのことを強調する意味である
今風にいえば
ヤバいほど旨い　とか
ヤバいほど広い　ということである

みごち

きれい　うつくしい
という意味の「みごち」
「みごち嫁女」「みごち花」
そんな風に使っていた

「みご」は「みごと」と推測できるが
「ち」をどう考えるか

「本当に」という方言を
「まこち」というが
この「みごと」と「まこち」を
一つにして
「みごとでまこちきれい」
が語源で
それを縮めた転訛で「みごち」
勿論、根拠はない

あばてね　あばてんね

たくさん　という意味の
「あばてね」
あるいは「あばてんね」
初詣に行ったら
あばてね人じゃった
そんな風に母たちは使っていた

語源は
夥しい数　または大きすぎて
「捌けない」が「さばけね」
それが「あばてね」になった説がある

頭の「さ」が「あ」に転訛したのは
「あっ」と驚くほど「たくさん」
という意味の「あ」なのかも知れない

最後の「ね」は「ない」
都城の方言は「ない」を「ね」という

せばっひね

狭い　という意味の
「せばっひね」
「狭いね」が「せばっひね」に
転訛したと思われる

ただこんな解釈はどうだろう
最後の「ね」が「ない」なら

「せば」は「背を伸ばす場所」
「ひ」は「ひろさ」で
「背を伸ばす場所も広さもない」
それほど狭い所という意味で
「せばっひね」

強引な解釈だが
「せばっひね」と反対の心の隅に
留めてもらうなら
ありがたい

すったい

「すったい」は
「すったいだれた」
つまり
すっかり疲れた
という風に使う方言で
すっかり　と
ぐったり　が

一つになった複合語とされている

一つの方言でも
分かりづらいのに
二つを一つにしたのだから
理解にすったいだれる
という人がいても
不思議じゃない

つがらんね

とてつもない
思いがけない
関係のない　といった
その状況や思いとは
到底つながらないことを
「つがらんね」という
「つながらない」の転訛と思われる

つがらんねことをいう　とか
つがらんね話で聞く価値もない　とか
よいことには使わない印象がある

それでも
つがらんね発想が
画期的発明や
新製品開発に繋がることもある
「つがらんね」の名誉のために
記しておきたい

ほぉ　したぃ

ほおう　しらなかったが　たいしたものだ
という
驚きと誉め言葉が一緒になった
「ほぉ　したぃ」
しらなかったを　しだけにちぢめた
大胆な解釈だが　確かなら
「ほぉ　したぃ」である

作品初出一覧

	都城文化誌『霧』発表年・号
Ⅰ	
うちおじゃひか	2019・11　104号
おじゃったもんせ	2019・11　104号
みあげもそ	2019・11　104号
またぐあんそ	2020・5　105号
どきいっじゃろかい	2020・11　106号
さっひっかぶい	未発表
Ⅱ	
ほがうたん　と　とんじゃっがうたん	2020・11　106号
やっせんぼ	未発表
うんだもしたん　と　おっだしたん	2021・6　107号
しんけいどん　と　やまいも掘い	2023・6　111号
よだきい　と　のさん	未発表

生きっちょいさっさ	未発表

Ⅲ

おんじょんぼ	２１２１・12　１０８号
あんどすい	２０２２・６　１０９号
やんかぶい	２０２２・12　１１０号
ゆくれんぼ	未発表
くせらし	未発表
いみじんごろ	未発表
走《はし》いぐら	未発表
とぜんね	未発表
ちょっしもた	未発表
ちわんちわん	未発表

Ⅳ

わっどびっ	２１２１・12　１０８号
すんくじら	２０２２・６　１０９号
せからし	未発表

ちんがらっ　未発表
せったんくゎん　未発表
はざぐん　未発表
ひっ　け　未発表
ひっくたっく　未発表
も　未発表
けじゃくし　未発表
おじごっ　未発表
みごち　未発表
あばてね　あばてんね　未発表
せばっひね　未発表
すったい　未発表
つがらんね　未発表
ほぉ　したぃ　未発表

参考書籍『都城さつま方言辞典』瀬戸山計佐儀

新たな地平へ

都城文化誌『霧』会長　橋本耕二

くらやまさんの第四詩集が出た。『霧』に連載してきた作品に未発表作を加え纏めたものであり、同人仲間として、また同じ都城盆地に住む一人としてこれほど喜ばしいことはない。心からお祝いしたい。

方言は、標準語とは異なって数百年という長い歳月の中で育まれてきた言葉であり、そこには地域の歴史並びに人々の暮らしと心がこもっている。くらやまさんは、そんな方言の語源や使われ方に焦点を絞り、自らの思いもこめて詩にまとめ上げている。私たちが日頃意識もしない言葉一つひとつの微妙なニュアンスや息遣いまで丁寧にすくい上げており、その独自性、観察力、洞察力には敬服するばかりである。この地に生まれ育ったくらやまさんならではの新たな挑戦といえる。

くらやまさんの詩はいずれも身辺や血縁、地縁に目を向け、自分の存在と生き方をしっかり確認しようとしているように思える。社会も経済も生活も混迷状態に陥り、先が見通せなくなっている今日、あらためて足元を見つめ直すことは、これからどう生きて行くのか考えることであり、さらに詩作の方向を模索することでもあろう。

くらやまさんの詩がこれからどこをめざし、どう成長していくのか、大いに期待したい。

あとがきにかえて

私的なことではありますが、昨年（令和五年八月）母を亡くし、日常的に方言で話をすることも、相手も無くなりました。方言と共にある心の原風景まで無くす淋しさを感じています。

都城の方言は全国的にも独特の方言である、鹿児島方言の一種でありますが、盆地ゆえに他地方の影響を受けることもなく、文字通り語り継がれて来た結果、鹿児島方言より平板さが特徴とされています。

都城の方言研究の第一人者である、瀬戸山計佐儀氏（1920～2005）は、歴史背景に基づく風土や暮らし等、あらゆる側面から長年研究された方でその書籍は貴重な文献資料となっています。この詩集はそんな研究解説と言えるものではありません。独り善がりは自覚しつつ、自分に出来る方法で都城の方言を残せたらと、都城文化誌『霧』に発表してきた作品と未発表作を加え詩集としたものです。

『霧』の発行毎にお世話になっている、橋本耕二会長には詩集上梓に当っても跋文を玉稿頂きました。また鉱脈社の小崎美和氏、杉谷昭人氏には適切な助言を頂きました。それぞれの方にお礼申し上げます。

母がしていたように仏壇に供え、母の「ほぉ　したぃ」という声を聞きたいと思います。

［著者略歴］

くらやま　こういち（倉山幸一）

1956年生まれ

詩集

2006年『お空のできごと』（本多企画）

2017年『生きっちょいさっさ』（本多企画）

2020年『五分歩けば池がある』（詩人会議）

所属誌　「龍舌蘭」「霧」

所　属　日本現代詩人会　詩人会議

現住所　〒885-0002 宮崎県都城市太郎坊町6844

詩集　ほおしたい

二〇二四年三月十九日　初版印刷
二〇二四年三月三十一日　初版発行

著　者　くらやまこういち　©

発行者　川口敦己

発行所　鉱　脈　社
〒八八〇 - 八五五一
宮崎市田代町二六三番地
電話　〇九八五 - 二五 - 一七五八

印刷
製本　有限会社　鉱　脈　社

印刷・製本には万全の注意をしておりますが、万一落丁・乱丁本がありましたら、お買い上げの書店もしくは出版社にてお取り替えいたします。（送料は小社負担）